Muñeca de Trapo

Margarita Robleda
Ilustraciones de Maribel Suárez

ALFAGUARA

Muñeca de Trapo

2006, Santillana USA Publishing Company, Inc.
2023 NW 84th Avenue
Miami, FL 33122, USA
www.santillanausa.com

Editora: Isabel Mendoza
Dirección de arte: Jacqueline Rivera

Alfaguara es un sello editorial del **Grupo Santillana**. Éstas son sus sedes:
ARGENTINA, BOLIVIA, BRASIL, CHILE, COLOMBIA, COSTA RICA, ECUADOR, EL SALVADOR, ESPAÑA, ESTADOS UNIDOS, GUATEMALA, MÉXICO, PANAMÁ, PARAGUAY, PERÚ, PORTUGAL, PUERTO RICO, REPÚBLICA DOMINICANA, URUGUAY Y VENEZUELA.

ISBN 10: 1-60396-020-1
ISBN 13: 978-1-60396-020-5

Published in the United States of America
Printed in U.S.A. by Worzalla
15 14 13 1 2 3 4 5 6 7 8 9

Library of Congress Cataloging-in-Publication Data

Robleda Moguel, Margarita.
Muñeca de trapo / Margarita Robleda Moguel; ilustraciones de Maribel Suárez.
p. cm. — (Rana rema rimas)
Summary: After rejecting several fancy dolls at the toy store, a little girl selects a rag doll with button eyes.
ISBN 10: 1-60396-020-1
[1. Dolls—Fiction. 2. Spanish language materials—Fiction.] I. Suárez, Maribel, 1952- ill. II. Title.
PZ74.3.M536 2006
[E]—dc22 2005030977

Para Anacris Valencia Mendivil

Yo quiero una muñeca
de trapo y de cartón,

que sea juguetona
y me dé su corazón.

No importa que nada sepa,
pues conmigo aprenderá

a cantar y a jugar,

a reír y a caminar.

No quiero una muñeca
que sólo sepa llorar,

llena de tantos alambres
que no la pueda abrazar.

La quiero suavecita,

con ojos de botón
que miren con cariño

a su mami, ¡que soy yo!

La autora

A **Margarita Robleda** le gusta que la llamen "Rana Margarita de la Paz y la Alegría". Es una escritora mexicana a quien le encanta jugar con las palabras y usarlas para hacerles cosquillas a chicos y grandes. Tiene más de 90 libros publicados. Tal vez tú ya conozcas *Rebeca* o *Ramón y su ratón*. También tiene libros de adivinanzas y trabalenguas. En esta colección, esta rana rema y juega con las rimas, y lo único que quiere es hacerte sonreír.

La ilustradora

Maribel Suárez nació en la Ciudad de México. Estudió Diseño Industrial y obtuvo la Maestría en Investigación de Diseño en el Royal College of Art, en Londres, Inglaterra. Lleva más de 20 años haciendo ilustraciones para libros infantiles, y lo disfruta muchísimo.

Fin